Lollo

露露一定有办法

【奥】米拉·洛贝 著 裴莹 译
Mira Lobe

上海译文出版社

图书在版编目(CIP)数据

露露一定有办法/(奥)米拉·洛贝(Mira Lobe)
著；裴莹译.—上海：上海译文出版社，2020.5（2023.9 重印）
（夏洛书屋：经典版）
ISBN 978-7-5327-8442-4

Ⅰ.①露… Ⅱ.①米… ②裴… Ⅲ.①短篇小说—
奥地利—现代 Ⅳ.①I521.45

中国版本图书馆 CIP 数据核字（2020）第047180号

图字：09-2015-991号

露露一定有办法 LOLLO

[奥地利]米拉·洛贝 著 裴莹 译

选题策划 赵平 责任编辑 朱昕蔚 张顺
内文插图 [奥地利]苏茜·魏格尔 封面插图 上超工作室 殷秀亮
装帧设计 上超工作室 严严

上海译文出版社有限公司出版、发行
网址：www.yiwen.com.cn
201101 上海市闵行区号景路159弄B座
上海信老印刷厂印刷

开本 890×1240 1/32 印张 3.75 字数 20,000
2020 年 5 月第 1 版 2023 年 9 月第 2 次印刷
印数：8,001—11,000 册

ISBN 978-7-5327-8442-4/I·5183
定价：25.00元

从修补玩具到修补生活

赵小华

宋庆龄儿童发展中心

本书的作者是一位和蔼可亲的老奶奶——米拉·洛贝。她是德语地区家喻户晓的儿童文学作家，曾创作近百部儿童和青少年文学作品，两次获得国际安徒生奖提名。米拉·洛贝善于在作品中表现人物的宽容善良，在情节中营造和谐、紧张，但又不乏幽默的气氛。最重要的是，她喜爱孩子，从不小看孩子，一生志在为孩子们创作有深度的作品。《露露一定有办法》就是这样一本可以体现她写作风格和思想深度的作品。

《露露一定有办法》是一本标准的桥梁书，图文比例适中，故事内容生动有趣、浅显易懂，非常适合幼儿园大班和小学低年级的孩子阅读。没有孩子读不懂它，也很少有人（包括大人和孩子）能真正读懂它。

这到底是怎样一本神奇的书呢？

这要从一个布娃娃和一块红格子布说起："露露是一个黑——没错，一个黑色的布娃娃。"这个黑色的布娃娃被扔进了垃圾桶里，倒入了垃圾堆里。虽然被抛弃了，但是露露并没有放弃，她在垃圾堆里找了一块红格子布，用这块红格子布，把另一个布娃娃的腿、大象的鼻子、长颈鹿的脖子、兔子的耳朵、飞机的翅膀……所有的破损都修补得漂漂亮亮，焕然一新！

作者想通过这本书告诉我们什么？是环保？还是废物利用？没那么简单！在这本值得一读再读的、有深度的书里，我们看到了一群虽然被抛弃但依然对生活充满热情的可爱又善良的人物。他们从未觉得自己是旧物废物，他们总是互帮互助，对身处险境的敌人也可以毫不犹豫伸出援手；他们始终不停歇地创造着自己的美好生活，他们在森林里开办医院，给弱者和伤者最好的帮助和治疗，不仅修补身体，还会修补心灵。贯穿始终的红格子布在露露手里发挥着神奇的作用，传递着光和热，传递着希望，传递着爱。

曾经有一位妈妈在陪着七岁的女儿读完这本书后，发出了这样的感叹："那条贯穿全书的红布一定很有讲究。可不，红色代表希望、乐观、积极。可当我再次阅读这本书时，发现它表达的情感竟然很立体，非常有层次，有爱的传递、有改邪归正、有不自弃不放弃、有珍惜当下，甚至还有环保和节约。书中的每个角色都有自己的演出脚本。我是真真小看了一本儿童读物啊！"

从学会修补玩具到学会修补自己的生活，小读者们要学习的人生功课还有很多。好在我们手中有这本像小太阳一样指引和照亮我们成长方向的《露露一定有办法》，好在我们在人之初就认识了露露这样乐观自信、浑身充满正能量的小伙伴，好在我们在阅读后对生活开始了更深入的思考。

那么问题来了，既然通过这本书懂得了那么多深奥的道理，如果你手中也有一块红格子布，你会成为那个一定有办法的人吗？

露露

这是露露。

她是一个黑——没错，一个黑色的

布娃娃。

在这本书出版之前，

这种布娃娃被称为

"黑人娃娃"。

"黑人"这个词带有一点儿贬义，

所以，从今天起，

我们对深肤色的人

就别再这样称呼了。

在垃圾场上

在城市的边上，

有一个堆放垃圾和破烂的地方，

那里散乱地堆放着

许多又旧又破的东西。

旧水壶，破罐头，

旧衣服，破裤子，

旧雨伞，破鞋子，

旧衣橱，破旅行箱，

甚至还有一只旧熨斗。

瞧那边儿，有一只破玩具柜，

它又高又宽又大，里边杂乱无章，

其中有一个没穿衣服、

皮肤黑黑的玩具小人。

没错，就是我们刚才提到的

那个"黑人娃娃"：

露露。

你们想知道，她是打哪儿来的吗？

是有一个人把她扔到垃圾桶里，

然后她又被倒在了这里。

（唉，瞧这些人有多么粗俗！）

这不，露露现在正打起精神

从这座垃圾山上往下爬。

然后用一块格子布把自己裹了起来……

突然，她看到了一只手：

哎呀，有人被埋在了垃圾堆里，

他正伸出一只手在求救。

露露赶紧扒开那边的垃圾，

把他从垃圾里拽了出来。

那个人被救出来后，

露露问他道："好吧，

现在请告诉我，你是谁？"

"我名叫马克斯，我只有一条腿，

另一条腿被别人弄断了，

后来——后来他们就把我扔掉了，

所以我就来到了这个垃圾场上……"

"明白了，"露露说，"你的命运和我一样，

别伤心了，马克斯，现在我们是两个人了，

明天你就会得到一条新的腿！"

这时玩具柜里突然发出一阵咕噜噜的声响，

露露连忙跑上前去。

玩具柜的门一下子弹开了，

刹那间一大堆破玩具

哗啦啦地

从里面滚了出来：

有被压扁的和变形的，

也有被摔坏的和撕破的……

"哎呀呀，可怜的伙伴们！"

露露惊讶地叫道。

不过她马上又大笑起来，

还鼓励这些玩具：

"没事了，伙伴们，

一切都会好起来的！"

夏洛书屋 · 露露一定有办法

走，我们一起到森林里去……

"快帮帮我，独腿马克斯！"

露露请求道，"两个人总比一个强！"

他们把所有的玩具拾到一起，

用一块大格子布

把他们包成一个又大又圆的包裹，

然后抬到一辆卡车上的大篓筐里。

"你知道不，"露露对马克斯说，

"这些乱七八糟的玩具，

我们很快会让他们完好无损地恢复健康，

就像你马克斯一样。

走，我们一起到森林里去——

那儿是我们的疗养院。"

露露上了卡车，试图发动它，

可是她不得不折腾了好长时间，

因为卡车怎么也发动不起来。

难道卡车的马达坏了？

露露一骨碌钻到卡车底下，

一边查看一边叫道："不出我所料，

卡车肚子里的马达不见了，

却留下了一个大洞。

真倒霉！现在怎么办呢⋯⋯？"

马克斯将一只闹钟递上去：

"给你闹钟，把它装到卡车上，

或许能替代马达。"

露露连忙装上闹钟，

把卡车修好了。

然后他们将一些纸箱挪到一块儿，

又把它们紧紧地捆扎起来。

这时马克斯惊叫道："怎么回事？

不就是纸箱吗？有什么用呢？"

"告诉你一个秘密，"露露说，

一边做出很神秘的样子，

"我们要建造一座纸箱城，

在那里每个人都有房子住。

我们要让这些纸箱变成房子。

大人住大房子，小人住小房子。"

"哇！"马克斯叫道，"这真是太好了！

你觉得这事能成吗？"

"当然能！"露露说，随后唱了起来：

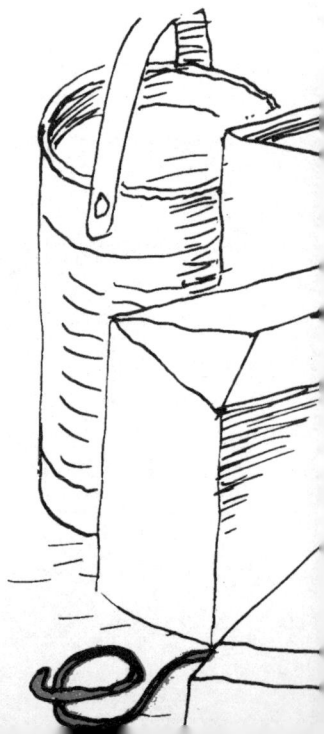

"让我们向森林里进发，

毁坏的东西都将被修好，

决不留下丝毫遗憾……"

"没错！"马克斯叫道，也唱了起来——

"让我们向森林里进发，

我们要建造一座纸箱城——

我们一定会成功！"

露露大夫

露露一会儿跑东，一会儿跑西，

露露拖纸箱，

纸箱又大又沉，

于是独腿马克斯埋怨起来：

"瞧你，一个人拖来拖去！

如果我再装上一条新腿，

就可以帮你忙了。"

这时候大象说话了：

"我的力气抵得上二十个人，

什么活儿我都不在话下，

再重的东西我一卷就起来，

可是没有鼻子我就一事无成。

你不觉得，露露首先应该

帮我装上一个新鼻子，

这样我就又可以力大无比？

我干起活来，会让你们惊叹……"

"还有我，"长颈鹿激动地叫道，

"同样也需要露露的帮助，

把我耷拉下来的脖子修好。"

"请等一下！"露露叫道，

"我马上就来帮你们，

大家别着急，一个一个地来。"

说着，她在一块格子布上

用粉笔为马克斯画了一条腿，

然后把这条腿裁剪下来，

填上碎布缝好，并为马克斯装上。

马克斯手舞足蹈，大声笑道：

"露露，你太棒了！"

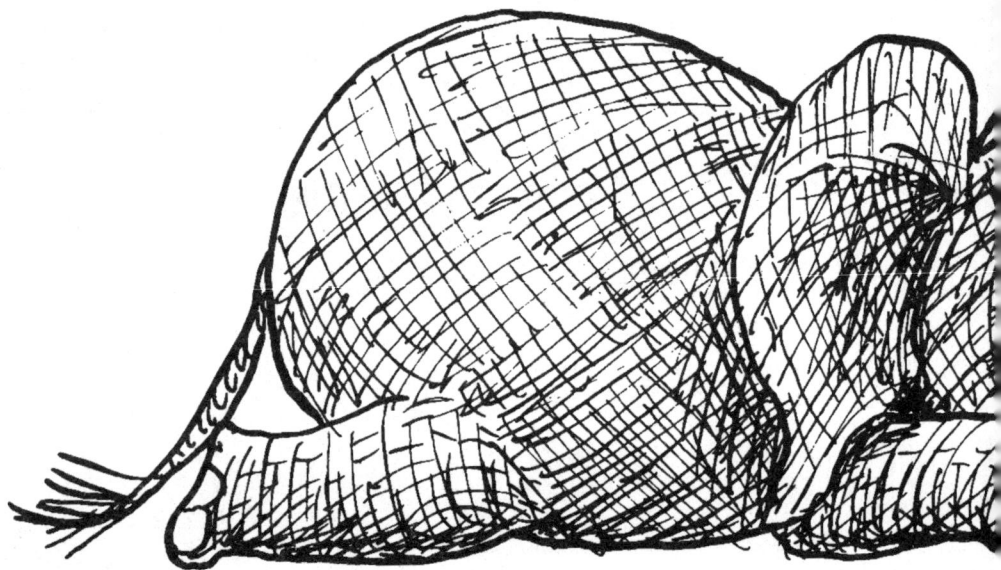

这时大象急切地问道：

"接下来轮到我了吗？

我马上又可以喝水，

吃东西，同别人打招呼了吗？"

露露刚为大象缝上鼻子，

他就迫不及待地站了起来。

大象一边欢腾一边叫道：

"哦，漂亮极了，太酷了！

从没见到过这么逗，

这么摩登的大象呢！"

接着露露坐到大象的鼻子上，

她对独腿马克斯叫道：

"劳驾，把螺旋弹簧递给我！

长颈鹿！你的脖子从上到下都堵住了，

我们必须帮你疏通一下。

把弹簧吞下去，哎唷！再往下吞一点——

再用把力——马上就可以了。

长颈鹿！你的头又可以抬起来了吗？"

"你真行！"大家欢呼雀跃，

"我们的露露大夫万岁！

我们又恢复健康了，

我们又四肢健全了，

再也不会缺胳膊少腿了，

我们又可以活蹦乱跳了！"

萌娃出现

六六三十六，

露露大夫从早到晚

一刻不停地做手术，

制图，裁剪，缝合，粘贴

——她为猎獾狗仔细地

打了棕色的补丁；

给兔子缝了两只新耳朵，

简直和以前的一模一样。

鳄鱼见了大声嚷道："哟嚯！"

一边翕动着他的大嘴。

凡是恢复健康和四肢健全的

都要去建造房子，涂刷墙壁。

整个纸箱城被装点得五彩缤纷：

那些房子有被画成斑点的、

花瓣的、条纹的，还有方格子的，

大象最有想象力，他在墙上

画了三棵漂亮的棕榈树。

兔子是个急性子，既不懂绘画，

更不懂什么棕榈树，

干脆用大炮喷绘她的房子。

我们再来看马克斯，

他给自己和露露

——现在成了他的闺密——

建造了一座大房子，

上面画了许多红心。

马克斯心里十分高兴，问道：

"我还可以帮你干点什么呢？"

"太好了，"露露回答说，

"飞机的翅膀折断了，

你能把它修好吗？"

马克斯很乐意试试。

飞机听见了，精神抖擞起来，

它立马被拉到房顶上，

马克斯为它粘上翅膀：

现在飞机又能重上蓝天了。

这时他忽然听到飞机里有动静，

他仔细辨别着：这会是什么呢……

他朝飞机里张望——这怎么可能呢？

独腿马克斯激动地叫了起来：

"一个小娃娃！一个萌娃耶！"

他把这个萌娃抱出机舱，

把他举过头顶晃来晃去，

又抱在怀里左右摇摆。

他玩够了，疯够了，

非常开心地回到露露身边。

"你看，我们又多了个萌娃，

他钻进飞机的肚子里，

我顺手把他带来了……

我很开心！你也很高兴吧？"

现在他俩成了他的父母。

可惜萌娃没有一根头发。

"尽管他毫发皆无，

可我仍觉得非常神奇！"

露露说，"世上居然会有这样的小孩，

他是我最喜欢的小娃娃！"

急救青蛙

纸箱城的每一个成员都说，

这个小娃娃太好玩了。

"这个小娃娃太可爱了！"长颈鹿说。

"的确可爱！"猎獾狗、兔子和大象附和道，

"不过，他应该和别的男孩一样，

头上有点儿头发才行。"

萌娃听了大家这样说后，

立刻又哭又闹起来：

"呜呜！我也想有头发，

和别的男孩一样！呜呜！"

夏洛书屋·露露一定有办法

这时露露拿过一把剪刀，

朝马克斯头上咔嚓一刀，

利索地剪下一把金黄色头发，

转眼工夫萌娃就有了一头金发。

他晃了晃金发骄傲地说：

"瞧，我现在有头发啰，

不是和别的男孩一样了吗？"

"太棒了！"大家齐声欢呼。

萌娃也变得异常兴奋，

当马克斯对他说"走，萌娃，

我们一起采草莓去"时，

他撒腿就跟着一块儿跑去了。

森林里有一只青蛙在呱呱地叫着，

还不断地呻吟，好像在乞求帮助。

原来他的一只胳膊被刺扎了，

这两个采草莓的觉得他很可怜：

"需要帮助吗？我们马上去找人！"

真是十万火急！

两人拔腿往回跑，

向全纸箱城的公民报告：

青蛙受伤了，他正在森林里

呱呱呱痛苦地惨叫。

"我们必须快去救他！"萌娃喊着。

"越快越好！"马克斯叫着。

威武的大象力大无比，

非常激动地找来了担架，

十万火急地跑过来：

"救命要紧，请上来吧！"

几分钟后，

急救员大象就和马克斯

抬着受伤的青蛙

一同向纸箱城跑去了。

露露大夫查看了青蛙的爪子，

经过第二次急救后，

青蛙的手臂裹上了绷带，

他又精神抖擞起来。

可是青蛙是湿地动物……

"这儿没有水怎么办？"

这时他又呱呱地哭诉起来。

萌娃再次伸出援助之手，

为他背来了一只大浴盆。

青蛙坐在为他灌满水的浴盆里，

悠闲地喝着为他准备的柠檬水，

还时不时心满意足地叫一声：

"呱——呱——爽！真爽！"

萌娃救了一只小鸟

纸箱城里一切都很好，

每个人都在井然有序地干活儿，

只有萌娃什么都没干，

他一脸茫然，

东看看，西瞧瞧，

或背着双手走来走去，

一副百无聊赖的样子，

渐渐地他觉得心情糟透了。

"怎么没人搭理我呢？"

萌娃有点儿不高兴了，

"好吧——我到森林里去，

我一定会迷路的，

我一定会被强盗抓去的……

我要让你们为我着急！"

在森林里他忽然听到

哪儿有啾啾的声音，

他站住脚，循声望去，

前面地上躺着一只小鸟，

一只非常小的小鸟，

看样子她还不会飞呢，

她简直太可爱了！

萌娃又撒腿往纸箱城里跑，

他飞快地跑着，连喘气的工夫都没有；

他向露露，向马克斯，向大家一一报告：

"有一只小鸟从树上鸟巢里掉下来了！

是我发现的——真是太幸运了！

她唧唧地叫着，吵着要回家呢。"

"我琢磨着，"马克斯说，"这事够呛，

鸟巢在树上那么高的地方，

我们总得去弄一把梯子吧？

我们这边可没有消防工具呀！"

可是他忘了长颈鹿是干什么的了。

这时露露笑道：

"梯子？我们不需要那玩意儿！

我们不是有长颈鹿的脖子吗？"

露露从格子布上剪下一块正方形，

用它做了一个可以托着小鸟的布包。

长颈鹿个头高，不太灵活，

她把包了小鸟的布包叼在嘴里。

小鸟挣扎着，一刻都不安宁。

"别乱动，小东西！"露露叫道，

"你乱动的话，又要掉下去了！

别害怕，马上就会把你送回家去！"

长颈鹿把脖子伸得笔直，

把布包放到树上的鸟巢里。

小鸟的三个姐妹唧唧喳喳地叫着，

她们在欢呼小妹妹回来。

这时小鸟的爸爸妈妈飞回来了。

"听见了没有，萌娃，"露露问，

"和自己的孩子待在一起，

当父母的有多幸福呀？

如果丢失了自己的孩子，

那么一定会非常伤心的。

这下好了，小女儿回家了，

他们现在全家团聚了，

让他们庆祝一下吧！"

森林医院来了新病人

在整个纸箱城里，

所有的动物当中，

兔子霍普是萌娃最好的朋友。

霍普长有一只嗅觉灵敏的鼻子、

两只大耳朵和两撇大胡须，

翻跟斗是她的拿手好戏，

爱吃各种杂草和胡萝卜，

还给萌娃带来了许多胡萝卜；

萌娃学会了许多兔子的动作：

急转弯、蹲坐、跳跳蹦蹦，

还有在矮树丛里窜来窜去……

"嗨，小不点儿，你再努力一把，

一直吃杂草和胡萝卜的话，

那么你就能模仿我做一切动作了——

到那时你也许就变成一只兔子了。"

萌娃露出一脸疑惑的表情：

变成一只兔子？我才不想成为兔子呢！

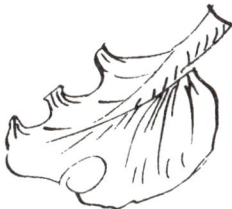

突然，萌娃叫了起来："霍普，看！

那边也有人在跳，我觉得，噢！

他跳得多别扭，

是一只小鹿！

看样子他好像受伤了。"

——两人朝小鹿迎面跑去。

小鹿的确是腿部受伤了。

"哦，他一定很痛！像是被刺扎了！"

夏洛书屋 · 露露一定有办法

——"嗨，亲爱的小鹿，你知道不？

离这儿不远的森林里，

有一家动物医院，

在那里你会得到很好的治疗，

不用几天你就能恢复健康的。"

小鹿跟随他们来到动物医院，

露露带他走进病房，

为他拔去刺，抹了药膏，

包扎完后说："马上会好的，

你瞧那边，这些伤员不久前也是这样的，

现在他们已经好多了，

不久就能下地，

和以前一样奔跑自如，

一点儿也不会瘸的。"

不过小鹿没在医院住下，

回到绿草地上他的家里去了。

脖子伤　　　肚子疼　　　胳膊伤

他走到哪里就对那里

四处闲逛的动物说：

"谁如果腿脚崴了，肚子疼了，

或者身上哪里不舒服了，

就快去纸箱城治疗吧，

那边的人对动物十分友善。

我本人就很喜欢去那边。

凡是在那边康复的人，

离去时总会由衷地说：

'以后如果我受伤了，

还会再来的，谢谢！'"

小老鼠穆克

森林里来了五只小老鼠，

他们玩捉迷藏、抓强盗游戏，

玩老鼠家族的游戏：猜猜我在哪儿？

他们你追我藏，无比快乐。

树丛、树洞都是躲藏的好地方。

小老鼠穆克发现了一棵老橡树，

刺溜一下躲进了高大的树身——

不料一头撞上了一群马蜂。

嗡嗡嗡，马蜂们四散飞舞——

哎呀呀，黑压压的一群马蜂。

可怜哟，小老鼠穆克！

"马蜂的刺太可怕！

好马蜂，千万别扎我！"

小老鼠穆克号叫着，落荒而逃，

他一口气逃到妈妈面前，

一边呻吟一边哭诉："瞧，妈咪，

我的尾巴长出了个疙瘩！"

"快去医院！"老鼠妈妈叫道，

"那儿有人会帮你把刺拔出来。

幸亏森林离这儿不太远，

那儿有专门为动物治病的医院。"

可是小老鼠穆克说什么也不愿意，

还哭闹着，可怜巴巴地呻吟着：

"我不想去医院！！！"

但妈妈使劲把他拽去了。

LOLLO

小老鼠穆克做了手术，

眨眼工夫刺被拔掉了！

事情就是这样奇妙，

哇——太了不起了！

可姐妹们对此毫无兴趣，

她们的注意力全在别的地方。

081

她们盯着萌娃的裤子直打量，

心里还不停地嘀咕：

"我们老鼠女孩和男孩

也能穿上这么漂亮的裤子该多好！"

这时候小老鼠们情不自禁地

伸出爪子，朝那块格子布扑去。

"住手！"萌娃喝道，"真是异想天开！

这些布是露露专门给医院留的，

是用来包扎伤口和急救的——

谁也不许随便拿取或使用！"

萌娃十分担心，抱起格子布就跑：

"快！快把它藏到房间里。"

可是小老鼠们胆大妄为——

上！他们急起直追。

萌娃飞快地将格子布塞进箱子，

然后一屁股坐在了箱子上，

气呼呼地喊道：

"别再闹啦！"

鳄鱼听到了，张着血盆大口，

朝小老鼠们吧嗒吧嗒地翕动，

小老鼠们吱吱叫着一溜烟地逃跑了。

夏洛书屋·露露一定有办法

纸箱城里的小偷

到了晚上，萌娃要睡觉了，

他对露露提醒道：

"那些小老鼠十分狡猾，

今天晚上他们再来怎么办？"

"噢，别担心。他们这会儿

一定把格子布和裤子什么的

忘得一干二净了。"露露说。

可是萌娃觉得这话不对：

"露露，你太不了解老鼠的孩子！

我觉得这样做比较好：

今晚就让鳄鱼看守格子布。"

——晚风习习，

夜已经很深了，

纸箱城里一片寂静，

即使有一点儿风吹草动，

人们都能听得一清二楚。

这时从一个角落里传来耳语声：

"今晚我们一定要得到它！"

这声音很轻，非常轻：

小老鼠们出动了。

"大家千万小心，别发出任何声响，

不然的话会把他们吵醒的。"

鳄鱼生来就是一个贪睡的家伙，

这时他正四仰八叉地躺在箱子上，

鼾声大作，早已进入梦乡，

对周围发生的事情毫无察觉。

没有一个人吗？

哦不——有一个呢！

啊 啊 啊

青蛙正坐在房屋前的黑暗处，

他睡眼惺忪：怎么有一个长长的幽灵

从屋子里跑出来呢？不对呀！

哦，是一匹漂亮的格子布。

奇怪，格子布下面怎么长出那么多小脚丫？

不好——青蛙一骨碌挺起身，拼命喊叫起来。

整个纸箱城顿时灯火通明，

大家伙儿一片惊慌，互相打听：

"究竟发生什么事了？"

"什么？格子布失踪了？"

"现在谁去追那些小偷？"

——"我！"独腿马克斯大声说，

"我去追他们，大家别担心！"

说着，他已经飞快地朝飞机跑去了，

萌娃和露露也紧随而去。

老鼠变成了落汤鸡

"小偷溜哪儿去了？"
马克斯一边摆弄操纵杆一边问。
飞机终于飞起来了，
他们越飞越高。
萌娃显得非常兴奋："快！快！"
螺旋桨发出隆隆的声响。
这时他们发现下面有一条
长长的红白方格纹的"蛇"，
它正在快速地蠕动……
"站住！不准偷格子布！"
萌娃朝那些小老鼠叫道。
露露也气愤地喊着：
"别闹了！你们这些小老鼠，
听见没有，你们到底想干什么？"

小老鼠们更害怕，更紧张了。

瞧他们慌不择路逃窜的样子！

下面的"长蛇"越跑越快，

前面就是陡峭的悬崖，

他们马上就要跌入深谷，

深谷里有一条湍急的小河……

扑通通，一串小老鼠落进了山谷。

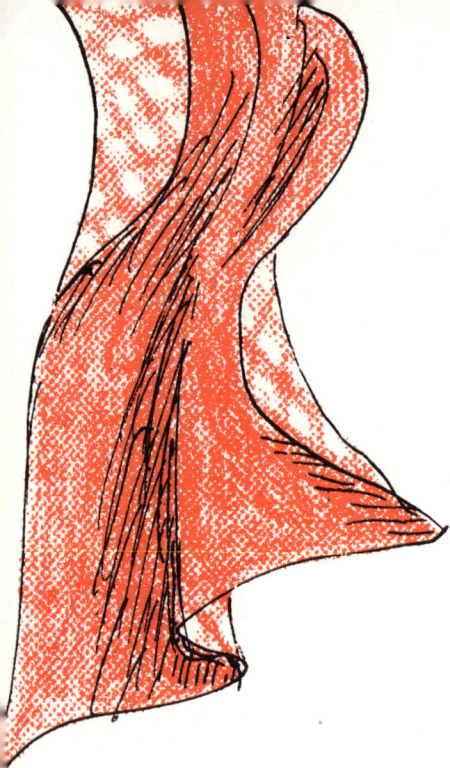

"救命！"小老鼠们吱吱叫着，

"救命啊！我们快要淹死啦！"

他们一个个已经浑身湿透；

他们在河里四脚乱踢乱蹬，

而格子布却挂在了树杈上，

它在那上面哗啦啦地飘舞。

萌娃开始同情起这些小东西，

他急得都快要哭了，

对他们的怨恨也完全消失了——

"快，马克斯！快，露露！

求求你们，就算是为了我，

快把这五个小东西救上来，

要不他们很快就会淹死的，

看这河里的水流得那么急！

马克斯、露露，你们不是说过，

人们应该永远互相帮助……"

了不起的飞机

五只灰不溜丢的小东西，

一个个像只落汤鸡，

他们蜷缩在一根烂树干上；

河水汹涌，浪花奔腾，

他们默默地注视着河流，

随着翻滚的波涛上下沉浮。

五只小老鼠又害怕又无奈：

"哦，有谁能帮帮我们，

把我们从这河里救出去？

我们坚持不了多久了……

哦，要是有一个好心人

来把我们救出去该多好！”

飞机开始朝下俯冲，

它飞得很低，已到了极限，

还发出隆隆的声响。

露露全身神经绷得紧紧的，

她伸手去够树枝上的格子布，

胳臂伸得笔直，几乎要脱臼，

最终猛地一把将它抓住了。

太棒了！她终于抓到了格子布！

现在可以去救小老鼠们了——

103

他们朝那截树干飞去，

将格子布的底端移向小老鼠们，

使他们都能牢牢地抓住，

不至于掉入湍急的河水里。

小老鼠们脱离了水面，缓缓上升，

变成了一只老鼠风筝的样子！

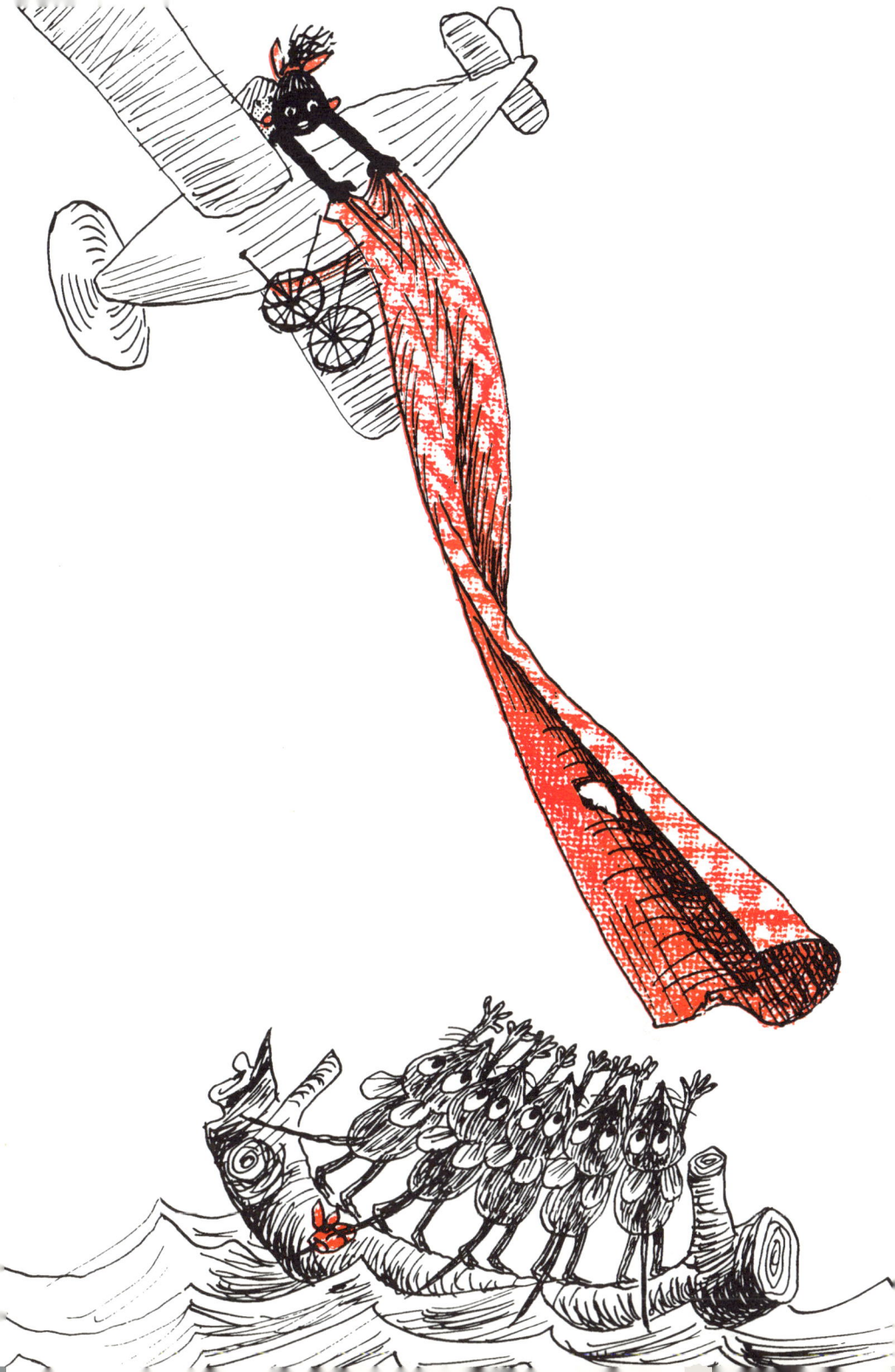

飞机后面传来小老鼠们的叫声：

"太爽了，我们在空中飞舞，

在我们老鼠灰暗的日子里，

经常有这种刺激该多好啊！"

纸箱城就在眼前了，

大家都跑出来迎接他们。

"看，他们来了！"老鼠妈妈叫道，

"看，他们多么高兴，

他们安然无恙地回来了！"

飞机平稳地降落下来。

萌娃、露露和马克斯从飞机上跳下来。

"我太高兴了！"老鼠妈妈伸出两只爪子，

握住驾驶员马克斯的手说。

然后她又向她的孩子们提醒道：

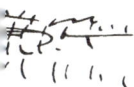

"你们这些小东西，要永远

牢牢地记住：你们只是老鼠！"

——"是，妈咪！我们明白！"

整个纸箱城就像过节一样，

你想象不到那儿有多美：

欢声笑语，载歌载舞，

啦啦啦啦啦，嘭嚓嚓嚓嚓嚓，

纸箱城里一派节日景象，

大家彻夜狂欢，不愿散去，

对萌娃、马克斯和露露，

大家赞美的话语表达不尽。